I0659956

LE BAL
D'AUTEÜIL;

COMEDIE.

De Monſieur B***.

(Boindin)

Yth
1639

A PARIS,

Chez PIERRE RIBOU, proche les
Auguſtins, à la deſcente du Pont-neuf,
à l'Image S. Louis.

M. DCCII.

C PERMISSION.

YTh.

1639

ACTEURS

DU PROLOGUE.

Mr MAIGRET Marchand, ⎫ Bourgeois
Mr DE LA FAQUINIERE, ⎬ d'Auteüil.
                     ⎭

LE BAILLI d'Auteüil.

La Scène est dans le Parterre
de la Comédie.

Le Théatre représente un Bal de Campagne. On voit d'un côté, des Païsans & des Païsannes ; de l'autre des Scaramouches & des Arlequines : plusieurs groupes de masques en éloignement ; & de part & d'autre, des violons, des hautbois, & des musettes sur des arbres.

PROLOGUE
DU BAL D'AUTEUIL.

SCENE PREMIERE.

LE BAILLI, & Mr MAIGRET.

Mr MAIGRET.

AH, ah ! c'eſt vous, Monſieur le Bailli ? eh que diable venez-vous donc faire ici ?

LE BAILLI.

Eh, parſanguenne, Monſieur Maigret, j'y viens voir ſte petite drôlerie qu'ils allont joüer ſur le Bal de nôtre Village !

Mr MAIGRET.

Ah ! je vois ce que c'eſt, Monſieur le Bailli ! vous craignez qu'on ne réjoüiſſe le public à vos dépens ? vous autres Habitans d'Auteüil, vous avez des femmes un peu égrillardes ? & l'on en pouroit bien toucher quelque choſe, oüi ?

4 PROLOGUE.

LE BAILLI.

Non, non, Monfieur Maigret, on n'en touchera rien fur ma parole ! prenez feulement garde à la vôtre ? il y auroit, morgué, dequoy faire une bonne farce de l'avanture que vous eûtes avec elle, l'année paflée !

Mr MAIGRET.

Comment donc ! quelle avanture ? que voulez-vous dire ?

LE BAILLI.

· Eh là…. quand vous furprîtes ce billet qu'alle écrivoit à un de vos amis communs, pour l'avertir de fe trouver au Bal, avec une certaine écharpe qu'elle luy envoyoit afin de l'y reconnoître ?

Mr MAIGRET.

Hé bien ?

LE BAILLI.

Hébian ! vous fûtes au Bal vous avec ft'écharpe que vous interceptites ? vôtre femme ne manquit pas de donner dans le panneau ? vous voulûtes voir jufqu'au bout comme alle traitoit les amis de la maifon ? mais morgué, vous fûtes le fot du ftratagême ! & alle en fut quitte pour dire qu'alle vous avoit reconnu !

Mr MAIGRET.

Bon, bon, Monfieur le Bailli, ce n'eft là qu'une bagatelle ! cela ne vaut pas à beaucoup près le tour que vous joüât vôtre ménagere?

ce ne feroit, ma foi, pas le plus mauvais de
la Comédie !

. LE BAILLI.

Laiffons cela , Monfieur Maigret : fi ma
femme m'a joüé queuque tour, je l'ai morgué bian roffée à mefure ! nous ne nous devons rien ; la Comédie n'a que voir à cela.

Mr MAIGRET.

Ne feroit-il pas fort réjoüiffant, par exem-
ple, de voir aujourd'hai un Bailli épier fa
femme au Bal, après avoir feint d'aller à Paris ? la Baillive s'apercevroit de la fraude ?
elle feroit doubler fon déguifement par une
commere qui donneroit le change au Bailli,
pendant que le galant efcamoteroit la Baillive ?

LE BAILLI.

Franchement , ça ne me plairoit guères !

Mr MAIGRET.

Mais quel plaifir de voir le Bailli à la fin
du Bal, découvrir fon mafque poftiche ! &
demeurer auffi étonné à la vüe de la commere, que fi les cornes lui venoient à la tête !
j'en rirois , ma foi, de bon cœur !

LE BAILLI.

J'éclaterois morgué bian à l'écharpe,
moy !... mais il me femble pourtant que je
fommes tous deux de grands fots ! ne vau-
droit-il pas mieux ne rire ni l'un ni l'autre,

& empêcher que mille badauts ne rissiont à nos dépens ?

Mr MAIGRET.

La réflexion est de bon sens, Monsieur le Bailli.

LE BAILLI.

Tout Auteüil est intéressé à ça , voyez-vous ? il n'y a morgué point d'honneur si entier qu'il n'y ait toujours queuque maille à redire ! mais voici encore un de nos bourgeois fort à propos.

SCENE II.

LE BAILLI , Mr MAIGRET, Mr DE LA FAQUINIERE.

Mr DE LA FAQUINIERE.

HE' quoi ! Monsieur le Bailli avec Monsieur Maigret ? ah parsambleu ! je ne voulois rien croire du bruit qui court : mais il n'y a plus moyen d'en douter !

LE BAILLI.

Eh, quel est donc ce bruit qui court, Monsieur de la Faquiniere ?

Mr DE LA FAQUINIERE.

Oh pour cela, cela est trop drôle ! on dit

que tout le Village en allarme s'eſt aſſemblé
ſur la petite piece d'aujourd'hui : que les femmes ont mis dans la tête aux maris qu'il y
alloit de leur honneur d'en empêcher la re-
preſentation, & qu'enfin vous êtes député,
& même défrayé par eux, pour venir juger
ici des intérets du corps ?

LE BAILLI.

Il eſt vrai, Monſieur de la Faquiniere ; mais
c'eſt principalement pour vous que je crai-
gnons ; & je ne ſuis ici que pour empêcher
qu'on ne vous joüe.

Mr DE LA FAQUINIERE.

Me joüer ! moy ? me joüer ! ah par la ſam-
bleu ! je voudrois bien qu'un petit fat d'Auteur s'aviſat de me tourner en ridicule !

LE BAILLI.

Il n'y a, morgué, rien à tourner à ça ! il
n'y a qu'à vous prendre comme vous êtes !
c'eſt du ridicule tout craché !

Mr DE LA FAQUINIERE.

On dit auſſi, mon pauvre Monſieur Maigret, que vous avez envoyé une écharpe à
l'Auteur, pour l'engager à rayer la vôtre de
ſa piece ?

Mr MAIGRET.

Et ne dit-on point auſſi quel préſent Monſieur de la Faquiniere lui a fait, pour ne rien
dire de ſa derniere bonne fortune ?

Mr DE LA FAQUINIERE.

Comment donc ! qu'entendez-vous ?

Mr MAIGRET.

Eh... là... cette femme de qualité avec qui vous familiarisâtes au dernier Bal un peu plus que de raison ; & qui vous mena gracieusement au bois, où pour derniere faveur, elle vous fit roüer de coups de bâtons, par ses gens qui l'attendoient ?

Mr DE LA FAQUINIERE.

Vous plaisantez, Monsieur Maigret ? vous plaisantez ?

LE BAILLI.

Eh non, morguenne, il ne plaisante point ! je le sçûmes dés le lendemain par les laquais même ; & il y a assez long-temps que vous en gardez le lit, oüi ? je crois morgué que vous n'en estes relevé que d'hier ?

Mr DE LA FAQUINIERE.

Conte tout pur , conte tout pur ! mais j'aperçois là haut une Dame qui me fait des mines ? il faut que je l'aille joindre ! sans adieu.

LE BAILLI.

Prenez garde à la rechûte, au moins;
pour nous, Monſieur Maigret, allons nous
mettre à l'amphitéatre; & nous prendrons
des meſures après la Comédie, ſelon qu'il y
aura de la commere, ou de l'écharpe.

Fin du Prologue.

ACTEURS.

M. VULPIN vieux garçon.

M. CIDARIS frère d'Hortence.

Mad. CIDARIS sœur d'Eraste.

HORTENCE amante d'Eraste.

ERASTE amant d'Hortence.

MENINE
LUCINDE } Maistresses de Mr Vulpin.

MARTON suivante de Mad. Cidaris.

FRONTIN valet d'Eraste.

LUCAS Jardinier de Mr Vulpin.

LE TABELLION.

TROUPES de Masques.

TROUPE de Violons.

La Scène est à Auteüil,
chez M. Vulpin.

LE BAL
D'AUTEÜIL,
COMEDIE.

ACTE I.

SCENE PREMIERE.

ERASTE, FRONTIN.

ERASTE.

E' bien , mon enfant ! dequoy s'agit-il ? pourquoi m'as-tu mandé de me rendre ici ?

FRONTIN.

Pour deux chofes : premierement, pour mes intérets ; & en fecond lieu, pour les vôtres.

ERASTE.

Comment donc ! parle ? qu'as-tu de nouveau à m'aprendre ?

FRONTIN.

Que je ne puis plus refter chez Monfieur Vulpin : qu'il veut abfolument époufer Mademoifelle Hortence ; & que je me lafle d'être ici le garde de vos amours.

ERASTE.

Quoi ! tu pourois m'abandonner dans une fi crüelle conjonĉture ? ah, mon cher Frontin, donne-moi au moins le temps...

FRONTIN.

Ah, que diable, Monfieur, le moyen ! courir tous les jours, de Paris à Auteüil, & d'Auteüil à Paris ! avoir à fervir deux maîtres à la fois ! être Lolive pour l'un, & Frontin pour l'autre ! morbleu, j'aimerois autant...

ERASTE.

Mais dequoi peux-tu te plaindre ? tes gages ne te font-ils pas bien payés ? & n'ès-tu pas le mieux du monde chez Mr Vulpin ?

FRONTIN.

Oüi, d'accord ; grand' chere ! bon vin ! gros jeu ! vie de garçon ! mais c'eft ce qui m'oblige d'en fortir.

ERASTE.

Comment donc ?

FRONTIN.

FRONTIN.

Mr Vulpin reçoit grand monde : il m'a fait l'intendant de tous ses plaisirs ; & j'ai tous les jours chez lui à faire à tant de gens, que je crains à la fin d'y être reconnu pour un fripon.

ERASTE.

Eh ! ne crain rien , Frontin ! & compte que je ne te manquerai jamais ; mais est-il possible qu'il songe à m'enlever Hortence ?

FRONTIN.

Oh , très possible : Monsieur vôtre beau-frere la lui a promise ; & nous lui donnons même aujourd'hui , entr'autres divertisse-mens, un petit Bal de Campagne pour avant-goût de mariage.

ERASTE.

Quoi ! Mr Vulpin songeroit à l'épouser, lui qui est un homme de plaisirs ?

FRONTIN.

Hé oüi , justement ; c'est un homme de joïe , & de bonne chere ! un agréable débau-ché ! qui a passé toute sa vie à duper des joüeurs, ou à se laisser duper par des Co-quettes ; & qui veut enfin avoir une femme à lui !

ERASTE.

Mais vouloir se marier à son âge !

B

FRONTIN.

Eh que diable, Monſieur ! n'a-t'il pas rai-
ſon ? il a goûté juſqu'ici dans le célibat, tous
les plaiſirs du mariage ; & ſe marie enfin par
bien-ſéance, pour goûter dans le mariage,
toutes les douceurs du célibat ! c'eſt dans
l'ordre.

ERASTE.

Et tu crois qu'Hortence conſente à l'é-
pouſer ?

FRONTIN.

Oh pour cela, non : C'eſt elle qui m'a or-
donné de vous en avertir ; & de vous faire
trouver dans le petit bois du jardin, pour
prendre enſemble des meſures.

ERASTE.

Ah, mon cher Frontin ! tu me rends
la vie !

FRONTIN.

Mais je crains que vos affaires n'en aillent
guères mieux à vous dire la verité ; & que
Mr Cidaris ne conſente jamais à vôtre bonheur ?

ERASTE.

Il l'avoit néanmoins promis à ma ſœur !

FRONTIN.

Oüi, mais elle n'étoit que ſa maîtreſſe
alors ; & elle eſt ſa femme à preſent : je ne
ſçais même ſi je me trompe dans mes con-

jectures ; mais je m'imagine qu'il a quelque affaire de cœur en ce païs : car il l'écarte depuis un temps de tous ses plaisirs ; & l'oblige même aujourd'hui de s'en retourner à Paris.

ERASTE.

Il l'oblige de s'en retourner à Paris ? ah Frontin ! de qui tiens-tu ces nouvelles ?

FRONTIN.

De Marton , c'est elle même qui me l'a dit ; mais j'entens quelqu'un , on pouroit nous surprendre : allez vous-en lui parler avant qu'elle parte ; & ne manquez pas de vous trouver au rendez-vous.

SCENE II.

Mr VULPIN , FRONTIN , LUCAS.

Mr VULPIN.

AH ! te voila, Lolive ?
FRONTIN.

Oüi , Monsieur , je viens de tout préparer pour le Bal ; & d'ameuter tous nos simphonistes au Dauphin : vous les aurez ici dans un moment.

Mr VULPIN.

C'est bien fait ; mais avec qui êtois-tu là ?

B ij

FRONTIN.

Eh... c'eſt un jeune homme de Paris qui a quelque intrigue en ce païs ci ; & qui me demandoit des nouvelles d'un Valet qu'il y avoit laiſſé pour lui en rendre compte.

LUCAS.

Comment ! d'un Valet qu'il y avoit laiſſé ?

FRONTIN.

Eh oüi , d'une eſpèce de Valet de chambre qui a eü l'adreſſe de s'introduire chez ſon rival ; & qui doit aujourd'hui lui ménager ici une petite entreveuë , avec la perſonne qu'il aime.

Mr VULPIN.

Une entrevûë chez moi ! à mon inſcû ?

FRONTIN.

Eh non , Monſieur ! c'eſt au Bal qu'ils ſe doivent voir ! & vous voyez bien que je vous en avertis ?

Mr VULPIN.

Ah , c'eſt autre choſe !

FRONTIN.

Oh ! c'eſt un lieu fertile en rendez-vous , que le Bal d'Auteü l !

Mr VULPIN.

Oh pour cela , je t'en répons ; & il n'y a pas juſqu'à Mr Cidaris qui n'y en ait un dans les formes : mais il faut l'aller avertir que tout eſt prêt.

FRONTIN.

J'y cours.

❦❦❦❦❦❦❦❦❦❦❦❦ ❦❦❦❦❦❦❦❦❦

SCENE III.

Mr VULPIN, LUCAS.

LUCAS.

HE' fi, parſangué, Monſieur! c'eſt une honte de bailler le Bal à vôtre âge!

Mr VULPIN.

Que veux-tu? Mr Cidaris me l'a demandé; je ſuis ſur le point d'épouſer ſa ſœur: je n'ai pû le lui refuſer.

LUCAS.

Bon, d'épouſer ſa ſœur! c'eſt encore queuque mariage du bois de Boulogne? car vous êtes de ces gaillards qui n'épouſont que la débauche?

Mr VULPIN.

Non, Lucas, je fais divorce avec elle.

LUCAS.

Quoi; morgué! vous renonceriez à la vie de garçon?

Mr VULPIN.

Oüi, mon enfant, c'en eſt fait, j'épouſe Hortence; & je ſonge auſſi à te marier.

B iij

LUCAS.

Oh parfangué, pour moi, ça ne preſſe
pas : vous êtes noble, vous ? vous voulez
faire ſouche ? & vous n'avez point de temps
à perdre ?

Mr VULPIN.

Comment donc ! qu'eſt-ce à dire ?

LUCAS.

Eh, c'eſt à dire tout franc, qu'ous êtes
déja un peu vieux pour avoir des rejettons ;
mais ne vous boutez pas en peine, allez : on
ne vous en laira, morgué, pas manquer !

Mr VULPIN.

Mais ſçavez-vous bien, Monſieur le Jardinier...

LUCAS.

Oh morgué ! je ſçavons bian ce que je
ſçavons ! & que les mariages de qualité ſont
ceux qui avont le plus de ſauvageons ! c'eſt
une jeune plante qui eſt diantrement varte,
que ſte Mademoiſelle Hortence !

Mr VULPIN.

Il eſt vrai qu'elle eſt jeune ; mais c'eſt une
fille bien élevée ; & qui a toujours été te-
nuë fort ſerré !

LUCAS.

Hé oüi ; mais quand les orangers ſortont
de la ſerre, on y voit parfois la fleur & le
fruit tout enſemble !

Mr VULPIN.

Oh , je n'ai rien à craindre d'elle ; & fa vertu...

LUCAS.

Il n'y a, morgué , vartu qui tienne ! la vartu eft antée fur la nature, voyez-vous ? & quand l'abre eft trop fort, & que la grèfe eft trop foible ; il n'y a pas moyen qu'alle profite , la fève l'étoufe.

Mr VULPIN.

Oh , tu as beau dire ; ce mariage eft une affaire arrêtée ; & j'efpere en faire dreffer ce foir les articles.

LUCAS.

Et moi , je crains bian que Madame Lucinde , & Madame Menine n'y veniont mettre empêchement !

Mr VULPIN.

Comment eft-ce qu'elles fçauroient mes deffeins ?

LUCAS.

Je ne fçais ; mais on vient de m'aprendre au Dauphin, qu'alles y font toutes deux déguifées ; & je ne doute point que ce ne foit pour vous venir furprendre !

Mr VULPIN.

En effet, je ne les ai point averties du Bal ; elles pouroient bien fe douter de ce qui fe paffe : mais garde-toi bien d'en parler à per-

fonne ; C'eft un fecret que je confie à ta dif-
crétion ?

LUCAS.

Oh parfangué, vous faites bian ! je fuis
tout propre à garder un fecret, moi ! & je
ferois mille ans tout feul , que je n'en parle-
rois à perfonne.

SCENE IV.

Mr VULPIN , LUCAS , FRONTIN.

FRONTIN.

DE la joïe, Monfieur ! de la joïe ! voici
Mr Cidaris avec fa fœur ; & tous nos
inftruments font au falon : il ne leur manque
que du vin , pour préluder.

Mr VULPIN.

Hé bien , Lucas ; va-t'en leur en faire
donner ?

FRONTIN.

Oüi, cours les enyvrer ; fans cela, ils ne
pouroient jamais s'accorder !

SCENE V.

Mr VULPIN, Mr CIDARIS,
HORTENCE, FRONTIN.

Mr CIDARIS.

AH, Mr Vulpin ! vous me voyez dans la dernière joïe ! & voici ma sœur qui ne demande qu'à partager nos plaisirs.

Mr VULPIN.

Quoi, Madame ! je pourois me flater de vous y voir prendre quelque part ?

Mr CIDARIS.

Oh, assurément ; c'est moi qui vous en réponds !

HORTENCE *bas à Frontin.*

Ton maître est-il arrivé, Frontin ? l'as-tu vû ?

FRONTIN *bas à Hortence.*

Oüi, Madame, il ne manquera pas de se trouver au rendez-vous.

Mr VULPIN.

Assurez-m'en donc aussi, Madame ? & que j'aye le plaisir de l'aprendre de vous-même !

HORTENCE.

Hé bien, Monsieur, j'y consens ; & je

vous avoüe que j'avois toute l'impatience du monde d'être ici.

Mr CIDARIS.

Eh ! ne vous difois-je pas bien que ma fœur n'avoit point d'autres fentimens que les miens ?

HORTENCE.

Oh pour cela , non , mon frere , nos fentiments ne font point fi conformes que vous penfez : vous croyez que c'eſt par devoir que je me rends ici ; & je vous affûre que c'eſt par inclination.

Mr CIDARIS.

Hé bien ! je ne lui fais pas dire , comme vous voyez ?

Mr VULPIN.

Ah ! je fuis le plus hûreux des hommes ! mais n'avons nous rien à craindre de Madame Cidaris ?

Mr CIDARIS.

Non , non , nous en fommes défaits ; & je viens de la renvoyer à Paris.

FRONTIN.

Oh , c'eſt fort bien fait !

Mr CIDARIS.

Et j'ai êté bien aife auffi d'écarter Marton ; car c'eſt une coquine qui ne fongeoit qu'à nous traverfer ; & qui avoit ici des intelligences avec un certain pendart de Frontin...

FRONTIN *à part.*

Comment diable ! c'eſt de moi qu'il parle ?
il fautpayer d'éfronterie.

Mr CIDARIS.

On dit que c'eſt un maraut qui triomphe
en fait de fourberies ; mais il ſera bien fin,
s'il m'atrape !

FRONTIN.

Oh pour cela, Monſieur, je vous répons !

Mr CIDARIS.

Comment eſt-ce que tu le connoîtrois ?

FRONTIN.

Oüi, vraiment ; C'eſt un maraut qui m'a
donné bien de la peine en ma vie !

Mr VULPIN.

Quoi ! tu aurois eü des affaires avec lui ?

FRONTIN.

De crüelles même ; & dont j'ai été bien-
hûreux de me tirer : C'eſt le plus grand
fourbe !

Mr CIDARIS.

Oh ! l'on me l'a bien dit !

FRONTIN *à Mr Vulpin.*

Tenez, Monſieur, c'eſt un coquin qui s'in-
ſinuë dans vos affaires, qui s'empreſſe de
vous ſervir ; que vous croyez dans vos intérets ; & qui dans le fonds, ne cherche qu'à
vous attraper !

Mr VULPIN.

Oh, je n'en doute point !
FRONTIN.
Vous le voyez, vous luy parlez ? il vous avertit luy-même de ſes fourberies ? que vous ne vous appercevez pas encore qu'il vous trompe, & qu'il ſe moque de vous ? oh, c'eſt un maraut qui ſçait bien ſon mê-tier !

Mr CIDARIS.
Oh, j'en ſuis perſuadé ; mais je ne crois pas qu'il oſe ſe joüer à moi ?

FRONTIN.

Oh, ne vous y fiez pas ! c'eſt un pendart à vous affronter en face ; & qui n'eſt jamais mieux maſqué que lors qu'il ſe montre tel qu'il eſt : mais ne vous mettez pas en peine, allez ; je me charge de vous le faire connoî-tre, avant la fin du Bal.

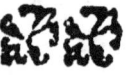

SCENE VI.

SCENE VI.

Mr VULPIN, Mr CIDARIS HORTENCE, FRONTIN, LUCAS.

LUCAS.

HE' tatigué, Monfieur ! venez donc mettre ordre à ça ! vela une tempête de filles qui vient de fondre fur vôtre Bal ; & qui l'avont fait commencer fans vous !

Mr VULPIN.

Commencer, Lucas ?

LUCAS.

Oüi, voirement ; & finir auffi, Mr Vulpin !

Mr VULPIN.

Comment donc ! que veux-tu dire ?

LUCAS.

Eh ! je veux dire que ces enragées-là ont voulu dancer à queuque prix que ce fut ; & qu'alles avont avec elles, un vrai lutin de fille qui ne vaut pas le diable à contredire ; & qui a pris la fimphonie à la gorge pour la faire commencer !

Mr VULPIN.

Hé bien ?

C

LUCAS.

Hé bian ! parce qu'alle a fait un faux pas ; alle a prétendu que c'étoit la faute des violons ; les violons l'ont traitée de je ne fçais qui ; alle a traité les violons , je ne fçais comment : enfin l'orage a crevé ; & alle a baillé tant de coups de pieds dans le ventre à ces gros inftruments , qu'alle en a fait fauter toutes les cordes ; & que les Meneftriers s'en allont en jurant qu'ils en auront raifon ; & qu'on ne brutalife point comme çà , un Arquestre !

Mr CIDARIS.

Eh mais, mais, Mr Vulpin ! cela n'eft point à foufrir ?

Mr VULPIN.

Non, vraiment , Mr Cidaris ; il faut aller mettre ordre à cela !

HORTENCE.

Allez ; j'ay quelques ordres à donner à Lolive : je vous rejoins dans un moment.

SCENE VII.

HORTENCE, FRONTIN.

HORTENCE.

HE' bien , mon enfant ! as-tu songé à nos affaires ?

FRONTIN.

Hé oüi, vraiment ; j'y ai assez songé ; mais je ne sçais encore pour où m'y prendre ?

HORTENCE.

Il faut commencer par rompre le mariage de Mr Vulpin ; & songer ensuite à faire celui d'Eraste.

FRONTIN.

Si nous commencions plûtôt par faire celui d'Eraste ? nous n'aürions plus à rompre celui de Mr Vulpin ? ce seroit la moitié de la peine d'épargnée ?

HORTENCE.

Il est vrai ; mais comment en venir à bout ?

FRONTIN.

Eh... mais.. mais, mon Maître vous dira cela ; il est au jardin qui vous attent : allons nous en le trouver.

Fin du premier Acte.

C ij

ACTE II.

SCENE PREMIERE.

LUCAS *seul.*

V E L A , morgué , de belles chiennes
de nôces ! des violons qui ne voulont pas joüer d'un côté ! des Maf-
ques qui voulont dancer de l'au-
tre ! au milieu de tout ça, une Maîtreffe qui
s'éclipfe ! car on ne fçait, morgué, ce que la
future eft devenuë , pendant tout ce grabu-
ge ; & je ne jurerois pas qu'on ne nous l'eût
efcamotée ! mais on vient ici : ne feroit-ce
point queuque efcamoteur ? hé morgué, c'eft
Madame Menine !

SCENE II.

LUCAS & MENINE *en Cavalier*.

MENINE.

OUi , mon pauvre Lucas, c'eſt moi-mê-me ; & je t'aprendrai le ſujet de mon déguiſement: mais di-moi, me trouves-tu un peu l'air d'un homme ?

LUCAS.

Eh... oüida ! à queuque choſe près !

MENINE.

Mais de bonne foi ? ſi tu ne ſçavois que je ſuis fille, n'y ſerois-tu pas trompé ?

LUCAS.

· Bon ! eſt-ce que les filles ſont faites pour autre choſe que pour tromper ? on vout pren-droit, morgué, pour un petit maître ! & je gagerois que vous venez joüer queuque tour à Mr Vulpin ?

MENINE.

Juſtement, je venois lui enlever ſa Maî-treſſe.

LUCAS.

· Hé fi , parſangué , Madame ! ne faites point cet afront là à vôtre ſexe ? on croiroit...

C iij

MENINE.

Oh ! je me moque de ce qu'on pouroit croire ! & je lui aprendrois à me trahir , après m'avoir promis de m'épouſer !

LUCAS.

Bon ! s'il avoit épouſé toutes les femmes à qui il le promettoit ; il en auroit , morgué , une pépinière !

MENINE.

Oh ! je l'empêcherois pourtant bien d'en épouſer une autre, ſi j'en avois envie ; mais hûreuſement pour lui , j'ay d'autres vûës.

LUCAS.

Quoi ! vous auriez déja queuque autre intrigue en ce païs ci ?

MENINE.

Oüi , mon enfant , je viens de voir un jeune homme, au Dauphin, dont les manières m'ont charmée; & qui m'a entierement dépiquée de Mr Vulpin.

LUCAS.

Oh parſangué , j'en ſuis ravi ! mais le connoiſſez-vous? ſçavez-vous qui il eſt ?

MENINE.

Non , je n'ai pû encore lui parler que des yeux ; & ſon viſage m'eſt tout-à-fait nouveau: mais ſes mines m'ont aſſez répondu de ſon cœur ; & il ne s'agit plus que de faire connoiſſance.

LUCAS.

Hé morgué ! ne feroit-ce point ce jeune étranger que des Madames de Paris amenont tous les jours au bois de Boulogne ?

MENINE.

Je ne sçais ; mais c'est le plus enforcelant petit minois ! oh ! je t'avoüe que je n'ai jamais vû d'hommes faits comme lui ! mais la voici qui vient à nous.

LUCAS *à part.*

Hé morgué, c'est Madame Lucinde ! *à Menine.* Ho tatigué! vous avez raison ; il n'y a point d'hommes faits comme ça ! *à part*, il faut pourtant que je songe à les écarter d'ici.

SCENE III.

LUCAS, MENINE & LUCINDE
en cavaliers.

LUCINDE *d'un côté du théatre.*
Oui, justemement, c'est luy-même ! mais je pense qu'il est avec Lucas ? Eh, bon jour, mon pauvre Jardinier !

LUCAS.

Hé morgué, Madame ! dans quel équipage vous vela ! que venez-vous donc faire ici ?

LUCINDE.

J'y venois furprendre ton Maître ; mais
qui eft ce jeune homme-là avec qui tu ès?

LUCAS.

Eh... c'eft un jeune homme de mes amis,
qui eft affez bien fait , comme vous voyez ?
& qui meurt d'envie de faire connoiffance
avec vous ?

LUCINDE.

De faire connoiffance avec moy !

LUCAS.

Hé oüi, morgué ! c'eft un petit rejetton
de chevallerie, qui eft fur le point de faire
fes caravannes ; mais ce feroit dommage que
ça fit des vœux, n'eft-ce pas ?

LUCINDE.

Oüi , vrayment , Lucas ; il a tres-bon
air, je le trouve fort joly homme ; & je fuis
ravie qu'il ait du goût pour moy : mais ne fe
douteroit-il point que je fuis fille ?

LUCAS.

Oh palfangué , non : ça eft au plus loin
de fa penfée ; mais fi vous voulez, je l'en
avertiray ?

LUCINDE.

Non, non, garde-t'en bien : laiffe-moy
tirer avantage de fon erreur, & m'affurer
de fes fentimens , avant de me découvrir à
luy.

LUCAS.

C'eſt morgué bian dit. *à part.* Comme alle baille dedans! oh paſſangué ça eſt trop drôle!

MENINE *de l'autre côté du théatre.*

Eh, que luy diſois-tu donc, Lucas? tu luy parlois bien familiairement! eſt-ce que tu le connoîtrois?

LUCAS.

Eh oïi, vrament: c'eſt un Marquis de ma connoiſſance, & c'êtoit de vous que je luy parlois.

MENINE.

De moy? ah, tu m'auras trahie! tu luy auras appris qui je ſuis?

LUCAS.

Eh non, morgué, tout à l'encontre: je luy diſois que vous êtiez tous Chevaliers dans voſtre famille, & il ne tient qu'à vous d'être bon amis.

MENINE.

Quoy, ſérieuſement... mais au moins, Lucas, n'y a-t'il point de riſque?

LUCAS.

Oh pour ça, non; c'eſt moy qui vous en réponds: *à part.* La nature y a morgué mis bon ordre! *à toutes deux.* Eh, allons, Meſſieurs, ſans compliments, point de façons, commencez par vous embraſſer.

LUCINDE *embraſſant Menine.*

Ah ! de tout mon cœur !

LUCAS *à part.*

Ce n'eſt, morgué pas ce qu'alle penſe !

MENINE *embraſſant Lucinde.*

Je n'ay jamais rien fait avec tant de plaiſir.

LUCAS *à part.*

Oh, palſanguenne, oüy ! vela un beau
chien de plaiſir !

MENINE *à Lucinde.*

Et je veux me lier avec vous de l'amitié
la plus étroite.

LUCAS *à part.*

Il ne faut pas toûjours juger de l'arbre par
l'écorce !

LUCINDE.

Mais par quel hazard nous trouvons-nous
tous deux icy !

LUCAS *entr'elles.*

Oh, pour ça tenez, c'eſt le même vent
qui vous y pouſſe, c'eſt l'amour qui vous y
ameine l'un & l'autre ; il ſe trouve qu'on
vous y trompe tous deux : Eh parſanguenne,
il faut vous en conſoler enſemble !

MENINE.

Ah volontiers !

LUCAS.

Je m'en vas donc vous laiſſer icy ; auſſi

bien ay-je queuque petite affaire à mon jardin : Sans adieu, Monſieur le Chevalier...
juſqu'au revoir, Monſieur le Marquis...
Oh parſanguenne, il y aura bien à rire,
quand elles viendront à ſe reconnoître !

SCENE IV.

LUCINDE & MENINE *en Cavaliers.*

MENINE.

EN verité, Marquis, plus je vous regar-
de ; & plus je crois que Lucas m'impoſe :
non, il n'eſt pas poſſible qu'une femme
vous trahiſſe ! eh ! pour qui vous trahiroit-
elle !

LUCINDE.

Ma foy, Chevalier, une femme qui me
troqueroit auroit ſes raiſons ! le moyen de
s'aimer quand on n'eſt pas fait l'un pour
l'autre ! mais par où juſtifier une perfide qui
n'auroit pû s'en tenir à vous ? eh ; que pour-
roit-elle donc deſirer dans un homme !

MENINE.

Tout ce qui me manque, Marquis, ; je
ne fais point le fat là deſſus : j'ay beau m'exa-

miner; je ne me trouve point dequoy fixer
une femme !

LUCINDE.

Parbleu, Chevalier ! je me mets pourtant
le mieux que je peux à la place d'une femme
qui vous aimeroit ! & je ne sçaurois m'apper-
cevoir qu'il y ait quelque chose à redire en
vous !

MENINE.

Eh mon Dieu, Marquis ! demeurez ce
que vous estes, pour me trouver à vôtre gré !
c'est diminuer du prix de vos sentimens pour
moy, que de vous mettre à la place d'un autre : mais revenons à vôtre perfide ; elle ne
vous occupe guères, ce me semble ? oh, je
vois bien, Marquis, que ce n'est pas là vôtre
premiere avanture !

LUCINDE.

Vôtre infidelle ne vous tient guères plus
au cœur, Chevalier ? mais parbleu, touchez-
là ; je veux vous donner icy la connoissance
d'une Dame qui vous aidera à vous en vanger !

MENINE.

Et moy, Marquis, je veux vous en faire
connoître une qui se fera un plaisir de faire
vôtre bonheur !

LUCINDE.

Oh ! pour mon bonheur, Chevalier, il
dépend

dépend de vous ! les femmes ne m'ont jamais
tantée !

MENINE.

Oh ! ce n'a jamais été mon foible, non
plus ! & il n'y a rien que je ne sacrifiasse à un
ami tel que vous.

LUCINDE.

Si vous connoissiez néanmoins celle dont
il s'agit ; peut-être ne vous seroit elle pas si
indiférente ?

MENINE.

Peut-être ne mépriseriez-vous pas non
plus celle dont je vous parle , si elle vous
étoit connuë ?

LUCINDE.

J'ose du moins me flatter que la ressemblance qui est entre nous , vous previendroit
en sa faveur !

MENINE.

Oh pour la ressemblance, on n'en sçau-
roit voir de plus parfaite que la nôtre ; & ce
n'est que par les habits qu'on peut nous
distinguer !

LUCINDE.

Je consens donc de la voir pour vous faire
plaisir ; mais c'est à condition que vous ver-
rez la mienne auparavant ?

MENINE.

Oh pour cela, non ; mais nous les verrons

D

ensemble si vous voulez ?

LUCINDE.

Volontiers ; que la vôtre se rende ici dans un quart-d'heure : la mienne ne manquera pas de s'y trouver... mais au moins, Chevalier, ne manquez pas d'y revenir avec elle !

MENINE.

Oh ! j'y suis trop intéressée ! mais on vient à nous ; courons changer d'équipage.

LUCINDE.

Allons-nous démarquiser... mais je pense que c'est Madame Cidaris, avec Marton !

SCENE V.

LUCINDE *en Cavalier*, Mad. CIDARIS & MARTON *en habits de Bal, & tenant un masque à leur main.*

MARTON *appercevant Lucinde.*

AH, Madame, le joli cavalier ! mais je crois que ce n'est que Lucinde ?

Mad. CIDARIS *à Lucinde.*

Eh, ma chère ! pour quelle avanture viens-tu au Bal dans cet équipage ?

LUCINDE.

Ma foi, je n'en sçais rien encore ; mais

toi, ma charmante ! qu'y viens-tu faire dans ces habits ?

Mad. CIDARIS.

Oh ! ce n'est point la galanterie qui m'y ameine ; c'est Mr Cidaris que j'y viens chercher.

MARTON.

Quoi, Madame ! c'est pour venir trouver un mari au Bal, que vous avez pris tant de soin de vôtre petite personne ?

Mad. CIDARIS.

Oüi, Marton ; & c'est pour moi que Mr Cidaris s'y rend aussi.

LUCINDE.

Mais tu te moques, ma chere ? cela ne se peut !

Mad. CIDARIS.

Non, je ne moque point ; c'est une partie concertée entre nous.

MARTON.

Oh par ma foy, Madame, je ne vous comprens pas ! vous étiez ce matin indisposée ; vous ne pouviez vous en retourner à Paris ; Mr Cidaris vous en a fait une nécessité: vous vouliez l'emmener avec vous ; il vous a dit qu'il étoit obligé de se rendre à Versailles : cependant il est ici ; vous vous y trouvez : & c'est une partie concertée entre vous ?

Mad. CIDARIS.

Oüi, Marton ; c'est un rendez-vous que nous nous sommes donné.

MARTON.

Oh, pour le coup, Madame, expliquez-vous ?

Mad. CIDARIS.

Quoi ! tu n'as pas eü l'esprit de connoître que cette indisposition n'étoit qu'une feinte ?

MARTON.

Oh pour cela , je l'ai compris d'abord ; & j'ay crû même , connoissant les manières doubles & dissimulées des femmes , & l'esprit contrariant des maris , que vous ne pressiez le vôtre de vous accompagner, que pour vous en défaire plûtôt : pour le reste , je vous avoüe qu'il me passe !

Mad. CIDARIS.

Apren donc, mon enfant, que je me fis faire cet habit pour le dernier Bal qu'il y eut ici : que j'eus le plaisir de n'y être reconnuë de personne , & celui d'y trouver un galant, en la personne d'un mari.

LUCINDE.

Quoi, ma chere ! Mr Cidaris t'en vint conter ?

Mad. CIDARIS.

Oüi, le traître vint me faire mille protestations d'amour ; mais croyant me tromper, il se trahit lui-même ; & passa toute la nuit à me convaincre de sa perfidie.

MARTON.

Et vous vous séparâtes, sans lui faire aucune infidélité ?

Mad. CIDARIS.

Oh ! ce ne fut pas sans peine ! il vouloit à toute force m'emmener avec lui ; & je ne pus m'en défaire qu'en lui promettant de me rendre à la première assemblée qu'il y auroit ici : mais je l'aperçois qui vient ici, laisse-nous ensemble.

SCENE VI.

Mr CIDARIS , Mad. CIDARIS & MARTON masquées.

Mr CIDARIS.

J'Ai beau chercher ma sœur, je ne la sçaurois trouver ; & je crains bien que ce pendart de Frontin... mais n'est-ce pas là mon inconnuë ? ah , Madame, que j'avois d'impatience de vous revoir ! & que ma joïe seroit parfaite si ce masque...

Mad. CIDARIS.

Ah, Monsieur ! je crains trop de me mon-

trer telle que je fuis ! c'eft à vôtre erreur que
je dois ma conquête ; c'eft à mon mafque que
je dois vôtre cœur : permettez...

Mr CIDARIS.

Non, Madame, je ne puis plus vivre fans
vous voir !

Mad. CIDARIS.

Non, vous ne fçauriez me voir fans ceffer
de m'aimer ; je vous connois mieux que vous
ne penfez.

Mr CIDARIS.

Ah ! je vous jure...

Mad. CIDARIS.

Ne faites point de fermens : ce font de
foibles liens pour les amans d'aujourd'hui ;
& vous m'en feriez mille, que je n'en de-
viendrois pas plus crédule.

MARTON.

Oh, nous ne fommes point fi fottes ! Madame y a déja été attrapée !

Mr CIDARIS.

Mais tenez-moi du moins quelque compte
du temps que j'ai paffé fans vous voir : fi vous
fçaviez tout ce que j'en ai foufert ! tout ce
que j'en ai fait reffentir à ma femme.

Mad. CIDARIS.

Oh ! je vous en dois beaucoup, j'en tom-
be d'accord ; mais pour être encore mieux
perfuadée de vôtre fidelité, je voudrois bien

sçavoir quels seroient vos sentiments, si Madame Cidaris alloit de son côté...

Mr CIDARIS.

Ah, Madame, qu'elle fasse tout ce qu'elle voudra! rien ne peut plus me toucher de ma femme; & je vous réponds que sa conduite ne m'intéresse plus du tout.

MARTON *bas à Mad. Cidaris.*

Prenez témoins de cela, Madame; cela peut servir dans l'occasion.

Mad. CIDARIS.

Mais si ses charmes n'ont pû vous retenir, que dois-je espérer de mes foibles appas?

Mr CIDARIS.

Oh! il y a bien de la comparaison! ma femme a-t'elle cette taille, ce port?

Mad. CIDARIS.

Oh pour cela, je n'ai rien qu'elle n'ait avec autant d'avantage.

Mr CIDARIS.

Et moi, je ne lui trouve rien d'aprochant, & toute sa personne me déplait.

Mad. CIDARISE.

Ainsi, Monsieur, si j'avois le malheur de lui ressembler?

MARTON.

Bon, Madame, voila une belle difficulté! Monsieur aimeroit en vous tout ce qui lui déplait en elle?

Mr CIDARIS *en lui prenant la main.*

Affurément, Madame !

Mad. CIDARIS.

Ah, moderez vos tranfports ! fi mon mari nous furprenoit...

Mr CIDARIS.

Quoi, Madame ! vous êtes mariée ?

Mad. CIDARIS

Oüi, Monfieur ; & c'eft pour me vanger d'un traitre, d'un perfide, que je veux vous ouvrir mon cœur : il eft ici avec une perfonne qui n'a aucun avantage fur moi ; & pour laquelle il me méprife ! mais puis qu'il m'outrage ; je veux m'en vanger.

MARTON.

Oh pour cela, il n'y a point de plus douce vangeance que celle qu'on prend d'un mari ! & je ne mourrai point contente, que je ne me fois vangée de deux ou trois !

Mad. CIDARIS.

Oüi, traitre ! j'aurai le plaifir de te confondre ; & de te faire voir ta femme, où tu ne crois trouver que ta maîtreffe ! mais j'oublie que je fuis avec vous... je confonds l'amant, & le mari... pardonnez ce tranfport.

Mr CIDARIS.

Ah, Madame ! vous me percez l'ame ! eft-il poffible qu'il y ait un homme affez brutal pour vous offencer ?

MARTON.

Oh, vous en jugerez vous-même !

Mr CIDARIS.

Ah vangez-vous, Madame, vangez-vous !
& me rendez le plus hûreux des hommes !

Mad. CIDARIS.

Eh comment me vanger, & vous rendre
hûreux !

Mr CIDARIS.

En répondant à ma paſſion, Madame ; en
vous abandonnant à ma tendreſſe.

Mad. CIDARISE.

Non, ce ſeroit vous tromper, & me trahir
moi-même ; car enfin quelque outrage qu'un
mari nous faſſe...

Mr CIDARIS.

Quoi ! vous voudriez encore ménager un
homme qui vous mépriſe ?

Mad. CIDARIS.

Eh, croyez-vous que ſes mépris me met-
tent en droit de lui être infidelle ?

Mr CIDARIS.

Oh, aſſûrément, Madame.

Mad. CIDARIS.

Ah, gardez-vous de me le perſuader ! vous
y êtes plus intéreſſé que perſonne ; & vous
me parleriez contre vous-même.

Mr CIDARIS.

Non, non, Madame ; vous méritiez d'être

adorée éternellement ; & vous m'aviez même fait efpérer...

Mad. CIDARIS.

Oüi, je vous avois promis de vous rendre
hûreux ; & je fens bien que ce que je dois à
mon mari, ne m'empêchera pas de vous accorder tout ce que vous voudrez éxiger de
moi.

Mr CIDARIS.

Ah, Madame ! vous me tranfportez !

Mad. CIDARIS.

Mais il faut m'accorder une grace auparavant, pour m'affurer de vôtre cœur.

Mr CIDARIS.

Eh, quelle eft-elle, Madame ? parlez ?

Mad. CIDARIS.

Je m'intéreffe au bonheur d'un amant dont
vous pouvez combler les vœux : Erafte aime
vôtre fœur ; vous la lui aviez promife : pourquoi lui manquez-vous de parole ?

Mr CIDARIS.

Je vous avoüerai, Madame, que c'étoit
pour la donner à Mr Vulpin ; & pour avoir
le plaifir de faire enrager ma femme : mais
puifque vous vous intéreffez pour Erafte, je
vous promets...

Mad. CIDARIS.

Oh, ce n'eft point affez de me promettre ;
il faut le rendre hûreux dès aujourd'hui ; &

rompre le mariage de Mr Vulpin en ma pré-
fence.

Mr CIDARIS.

Hé bien, Madame, allons le trouver : j'y
confens.

MARTON.

Et moi, j'aperçois Frontin : il faut que je
le fonde fous ces habits ; & que je voye s'il.
ne feroit point auffi d'humeur à me faire
quelque gafconnade conjugale.

SCENE VII.

FRONTIN & MARTON *mafquée.*

FRONTIN.

PEndant que nos amants font enfemble ;
cherchons auffi quelque tête à tête : mais
quoi ! une femme feule au Bal ! voyons un
peu ce que ce pouroit être.

MARTON *à part.*

Il me lorgne ! le pendart s'aviferoit-il de
m'en conter ?

FRONTIN *à part.*

Elle m'œüillade ! parbleu, faifons le petit
maître ; & brufquons l'avanture : mais non,
ce pouroit être quelque mafque de qualité ;
laiffons lui faire les avances.

MARTON *en le faliiant d'un air gracieux.*

C'eſt Monſieur de Lolive, ſi je ne me trompe ?

FRONTIN *à part.*

Foin ! me voila dégradé ! *à Marton.* Fort à vôtre ſervice, Madame ; il ne tient qu'à vous que je ne vous rende mes reſpects en face ?

MARTON.

J'ai eü plus d'une fois le plaiſir de vous voir avec Mr Vulpin ; & ce n'eſt pas auſſi la première fois que je vous ai ſouhaité ſa fortune.

FRONTIN.

Ah, Madame ! c'en eſt une au deſſus de la ſienne, que vous vous ſoyez donné la peine de ſouhaiter quelque choſe pour moi !

MARTON.

Monſieur de Lolive eſt toujours ingénieux! tout ce qu'il dit, & tout ce qu'il fait eſt plein de graces ; & je me ſouviens que vous me verſâtes un jour à boire, d'un air à me faire penſer à toute autre choſe !

FRONTIN.

Vous vous moquez, Madame ! *à part.* Qui diable ſeroit cette connoiſſeuſe-là ?

MARTON.

Vous cherchez à me déchifrer, Monſieur de Lolive ?

FRONTIN.

FRONTIN.

Franchement, Madame ; j'ai quelque peine : vous avez l'air un peu équivoque ! mais
n'importe, je vous attraperai ! oüi... non...
fi fait... ah , je vous tiens ! vous êtes cette
jeune veuve qu'on ne connoît presque encore
que sous son nom de fille ? là , c'est vous qui
n'en déplaise à vôtre aînée , avez porté le ta-
lent de jolie femme à sa perfection ? & je ne
vous connoissois point encore , que je m'a-
visai de vous aimer à ne vous voir que sur
un écran !

MARTON.

Vous vous trompez , Monsieur de Lolive;
loin d'être vôtre jeune veuve ; je ne suis pas
même encore sortie de fille.

FRONTIN.

Il faut donc que vous soyez quelqu'une de
ces galantes de distinction , à qui l'on a or-
donné l'air de la campagne ? & qui ne fai-
sant plus à Paris qu'un séjour clandestin ,
n'osent plus se montrer que sous le mafque ?

MARTON.

Encore moins, je vous assûre. *à part*. Hom !
que je te froterois de bon cœur !

FRONTIN.

Oh pour le coup, Madame, j'y suis ; &
voila un poing fermé qui vous décèle ! vous

E

êtes cette fille d'épée , ou fi vous l'aimez mieux , ce petit maître à phalbala ? car on ne fçait pas bien encore dans le monde à quoi s'en tenir fur vôtre chapitre ; & je ne jurerois pas qu'il n'y eut de la tricherie , non : je vous ai vû foupirer aux pieds d'une belle, auffi déterminément que fi vous êtiez fûre de vôtre fait !

MARTON.

Monfieur Frontin eft toujours en défaut !

FRONTIN.

Comment, Mr Frontin : oh , tout beau, Madame ! vous me connoiffez un peu plus qu'il ne faut ! je ne fuis Frontin qu'*incognitò*; & je ferois perdu fi l'on me découvroit ici pour tout autre que pour Lolive !

MARTON.

Allez, allez, je fçais vos intérêts: vous fervez Erafte ; & vous trompez ici Mr Vulpin , pour lui enlever Hortence en faveur de fon rival : mais je crains bien que vous ne faffiez tout ce manége , pour vous affûrer vous-même une certaine Marton...

FRONTIN à part.

De la jaloufie ? bon , mes affaires avancent !

MARTON.

Franchement, Mr de Lolive ; cette Marton là me tient au cœur ?

FRONTIN.

Eh, Madame ! vaut-elle seulement la peine qu'on y songe ? il est bien vrai qu'il s'est agi de quelque chose entre nous ; mais cela n'étoit encore qu'ébauché ; & ce n'est point une femme à finir que cette creature là !

MARTON.

Si l'on êtoit bien sûre de vos sentimens à son égard ?

FRONTIN.

Eh, bon, bon, Madame ! est-ce pour des Martons que les sentiments sont faits ? il y a de certaines femmes qui ne doivent couter tout au plus que du verbiage ! encore, y perdroit-on !

MARTON.

Eh, qui me répondra, Mr de Lolive, que vous me destiniez une autre monnoïe ?

FRONTIN.

Les effets, Madame, les effets ! tenez, j'avois conclu dans ma tête, le mariage d'Hortence & d'Eraste ; je commence par le casser tout net, s'il vous donne le moindre soupçon ?

MARTON.

Non pas, s'il vous plait, Mr de Lolive ; tout au contraire : je vous ordonne de confirmer ce mariage, puisque vous le tenez pour fait ; & c'est même à ce prix que je prétens me mettre.

FRONTIN.

Ah ! vous me comblez de joïe, ma Prin-
cesse ! de grace, laissez-moi vous en marquer
ma reconnoissance ; & jurer à vos genoux,
de ne songer de ma vie à cette enragée de
Marton !

SCENE VIII.

FRONTIN, MARTON, LUCAS.

LUCAS *trouvant Frontin au pieds*
de Marton.

HE' fatigué, Monsieur de Lolive ! quelle
posture est-ce là ? tandis qu'on vous attent, vous vous amusez-là, à faire l'espalier
auprès de Madame ! est-ce qu'ous n'avez pas
envie que je commencions la nôce ?

FRONTIN.

Non, mon enfant ; voici une Dame de
qualité, qui a intérêt de la rompre ; & qui
m'assûre ma fortune, si j'en viens à bout ; il
ne tient qu'à toi d'en être de moitié.

LUCAS.

De moitié ! hé mais morgué, comment
entendez vous ça ? est-ce qu'alle seroit d'hi-
meur à nous épouser tous deux ?

FRONTIN.

Oh pour cela, non, c'est un fait à part :
mais il y va de ton intérêt de nous aider à
rompre le mariage de Mr Vulpin.

LUCAS.

Eh parsangué, je ne demande pas mieux !
que faut-il faire pour ça ?

FRONTIN.

Donner avis de ce qui se passe, à Madame Lucinde, & à Madame Menine ; & les
engager à nous venir seconder.

LUCAS.

Hé morgué, que ne m'avez-vous dit ça
plûtôt : alles étiont ici tout à l'heure !

FRONTIN.

Il faut aussi lui rendre suspecte celle qu'il
veut épouser ; & l'avertir d'un rendez-vous
qu'elle a ici avec son amant : mais courons
l'en informer nous-même ; & tâchons de
les lui faire surprendre ensemble : c'est le
meilleur moyen de l'en détacher.

Fin du second Acte.

E iij

ACTE III.

SCENE PREMIERE.

Mr VULPIN, LUCAS.

LUCAS.

OUI, morgué, je vous dis qu'alle eſt dans le petit bois avec un Cavalier ; & qu'il ne tient qu'à vous de les y aller ſurprendre : eh, tenez, morgué ! ne les voila-t'il pas qui en revenont?

Mr VULPIN.

Juſtement ; mais ne les éfarouchons point : paſſons derrière cette paliſſade.

SCENE II.

Mr VULPIN , LUCAS, HORTENCE,
E R A S T E.

HORTENCE.

NOn , Eraſte ; rien ne ſçauroit me faire
changer ; & je vous promets de n'être
jamais qu'à vous.

LUCAS *à part.*

Hé bien, morgué ! l'entendez-vous ?

HORTENCE.

Mais ſeparons-nous ; je tremble qu'on ne
nous ſurprenne enſemble !

ERASTE *en lui baiſant la main.*

Ah , ſoufrez du moins que je prenne à vos
pieds ce gage de mon bonheur...

HORTENCE.

Hé bien , Eraſte, eſtes vous content !

LUCAS *courant ſe mettre entr'eux.*

Hé , oüi, mais morgué je ne le ſommes
pas nous !

HORTENCE.

Quoi, vous êtiez là ?

LUCAS.

Oh parſanguenne oüi, je vous écoutions !

HORTENCE.

Hé bien, tant pis pour vous : vous connoiſ-
ſez mes ſentiments ; je ne vous aime point ;
vous l'avez entendu : c'eſt à vous de prendre
vos meſures là deſſus.

SCENE III.

Mr VULPIN, LUCAS.

Mr VULPIN.

OUais ! voici bien de la franchiſe, pour
une fille !

LUCAS.

Elle n'en fait, morgué, pas de façons,
comme vous voyez ?

Mr VULPIN.

Et elle en feroit encore moins, ſi elle êtoit
ma femme ; mais cours un peu voir ce qu'ils
deviennent ; & me laiſſe ici réver à ce que
j'ai à faire.

SCENE IV.

Mr VULPIN *d'un côté* , & LUCINDE
en femme de l'autre.

LUCINDE.

VOici juftement l'heure de nôtre rendez-
vous ; & je fuis furprife de n'y point
trouver le Chevalier : mais j'aperçois Mr
Vulpin ; il faut que je m'en vange fur lui.

Mr VULPIN.

J'entens, ce me femble , quelqu'un ? ah;
c'eft Lucinde ! fauvons-nous !

LUCINDE.

Le traitre m'échape ; & je n'ofe le fuivre
de peur de manquer le Chevalier : ah ! que je
l'aurois roffé de bon cœur ! mais j'entens
marcher dans cette allée ? voyons fi ce ne feroit point le Chevalier ?

SCENE V.

MENINE *en femme.*

C'Eſt ici que le Marquis doit ſe rendre ?
& j'y ſuis néanmoins la premiére ! mais
cela eſt dans l'ordre ; & puiſque nous met-
tons les hommes ſur ce pied là, nous ne devons pas nous en plaindre : il devroit cependant avoir un peu plus d'empreſſement pour
une premiére entreveuë ; & la nouveauté de
l'avanture le devroit piquer d'impatience :
mais que vient chercher ici cette Dame ?

SCENE VI.

LUCINDE & MENINE *en femmes.*

LUCINDE.

OH pour cela, il faut avoüer que les hommes ſe relâchent terriblement de ce
qu'ils nous doivent ! mais à qui en veut cette
Dame.

MENINE.
Comment ! je crois que c'eſt le Marquis ?

LUCINDE.

Eh ! je penſe que c'eſt le Chevalier ?

MENINE.

Non , je ne me trompe point !

LUCINDE.

Oüi, c'eſt lui-même !

MENINE.

Eh, mon cher Marquis ! dans quel équipage eſtes-vous là ? & qui vous a fait prendre
ces habits ?

LUCINDE.

Un ſujet aſſez naturel ; mais vous Chevalier ! pourquoi ce déguiſement ?

MENINE.

Oh, ce n'en eſt point un , je vous jure !

LUCINDE.

Comment donc ?

MENINE.

Ce ſont les habits de mon ſexe ; & c'étoit
pour moi que je voulois m'aſſûrer de vos
ſentiments.

LUCINDE.

Quoi ! c'étoit de vous que vous me parliez?

MENINE.

Oüi , de moi-même ; mais vous ſçavez ce
que vous m'avez promis ; & je crois pouvoir
compter ſur vôtre cœur ?

LUCINDE.

Oh , quelque choſe qui arrive , ce ne ſera

pas par là que vous vous plaindrez de moi !

MENINE.

Mon bon-heur fera donc parfait !

LUCINDE.

Il y aura pourtant quelque chofe à dire !

MENINE.

Comment ! eft-ce que vous ne voudriez plus nous unir ?

LUCINDE.

Non, je ne fuis point vôtre fait.

MENINE.

Pourquoi donc ? nos états feroient-ils fi différents...

LUCINDE.

Eh, mon Dieu, ils ne font que trop femblables ! car enfin... je fuis...

MENINE.

Hé bien ?

LUCINDE.

Je ne fuis point ce que vous penfez !

MENINE.

Comment ! feriez-vous marié ?

LUCINDE.

Eh, non ! au contraire...

MENINE.

Oh, expliquez-vous donc ?

LUCINDE.

Hé bien, je fuis fille, puifqu'il faut vous le dire.

MENINE.

MENINE.

Vous êtes fille ?

LUCINDE.

Eh oüi, vraiment ; vous l'êtes bien, vous ?
il me semble que je puis bien l'être aussi ?

MENINE.

Oh, ce n'est pas moi qui vous empêche-
rai ! cependant, si les effets eussent répondu
aux aparences ?

LUCINDE.

En ce cas nous eussions peut-être été aussi
folle l'une que l'autre ; mais c'est à ce maraut
de Lucas que nous devons nous en prendre.

MENINE.

En effet, c'est lui qui nous a trompées ;
voyez un peu à quoi il nous exposoit !

LUCINDE.

Mais n'en auroit-il point eü les mêmes
raisons ? & ne serions-nous point ici toutes
deux sur le compte de Mr. Vulpin ?

MENINE.

Justement ; c'est pour cela qu'il vouloit
nous en écarter : mais le voici qui vient à
nous.

SCENE VII.

MENINE, LUCINDE, LUCAS.

LUCAS *acourant à Lucinde.*

HE' parfangué , Madame, il y a deux heures que je vous cherche ! qu'a vous donc fait de Monfieur le Chevalier ?

MENINE *en le retournant de fon côté,*

Ce qu'elle en fait , traitre ?

LUCAS *à Menine.*

Hé quoi ! vous vela auffi redevenuë fille ?

MENINE.

Oüi ; mais nous vous aprendrons à vous joüer de nous ?

LUCAS.

Oh pour ça , morgué, ce n'eft pas à moi qu'il faut vous en prendre !

LUCINDE.

Ce n'eft pas à vous, Monfieur le maraut ?

LUCAS.

Eh parfangué , non ; vous vouliez toutes deux être hommes : vous m'aviez défendu de vous faire connoître. Eft-ce ma faute fi vos deffeins n'avont pas réüffi ?

MENINE.

Mais tu croyois par là , favoriſer ceux de Mr Vulpin ?

LUCAS.

Hé morgué, tout au contraire ? je ſommes ici quatre ou cinq qui ne ſongeons qu'à les faire avorter ; demandez plûtôt à Mr de Lolive ?

SCENE VIII.

LUCINDE, MENINE, LUCAS, FRONTIN.

FRONTIN.

OH pour cela , Meſdames, c'eſt la vérité; il ne tiendra qu'à vous de l'épouſer : C'eſt Eraſte qui épouſe la ſœur de Mr Cidaris.

LUCAS.

Quoi ! morgué ! celui avec qui alle avoit ce rendez-vous ?

FRONTIN.

Oüi , mon enfant ; & c'étoit pour la lui ménager, que je m'étois introduit chez Mr Vulpin : mais le voici lui-même avec toute la compagnie.

※※※※※※※※※※※※※:※※:※※※※※※※

SCENE IX.

Mr C I D A R I S, Mad. C I D A R I S;
ER ASTE, HORTENCE, FRONTIN,
MARTON, Mr VULPIN, LUCINDE,
MENINE, LUCAS, LE TABELLION.

Mr C I D A R I S.

OUi, oüi, Monfieur Vulpin, je fçais
que vous l'avez furpris avec ma fœur;
& qu'ils s'êtoient ici donné rendez-vous :
mais je vous aprens que c'êtoit à lui que je
la deftinois ; & que c'eft là ce pendart de
Frontin qui s'entendoit avec Marton.

Mr V U L P I N.

Quoi, Lolive !

FRONTIN.

Oüi, Monfieur, pour vous rendre fervi-
ce ; & voici Madame Lucinde, & Madame
Menine qui êtoient ici pour le même deffein.

Mr V U L P I N.

Ah, je fuis trahi !

L U C A S *à Mr Vulpin.*

Je vous difois, morgué, bian qu'alles viendront mettre empêchement à vôtre mariage ?

Mr CIDARIS.

Quoi, Mr Vulpin ! vous aviez des engagements ; & vous vouliez épouser ma sœur ?

LUCINDE à *Mr Vulpin.*

C'étoit donc pour me joüer, scélérat, que tu me promettois de n'aimer jamais que moi ?

Mr VULPIN.

Eh, non, Madame ! je vous aime uniquement !

MENINE.

Et moi, traitre ?

Mr VULPIN.

Et vous aussi.

FRONTIN.

Oüi, Madame ! il vous aime toutes deux uniquement ; & vous épousera même uniquement toutes deux, si vous voulez ?

Mad. CIDARIS.

Oh pour cela, non, je l'en dispence ; & je l'abandonne à sa perfidie.

SCENE DERNIERE.

Mr CIDARIS, Mad. CIDARIS,
ERASTE, HORTENCE, FRONTIN,
MARTON, VULPIN, LUCINDE,
LUCAS & LE TABELLION.

LUCINDE.

ET moi, je n'en ferai point la dupe ; & je prétens qu'il me change en contract, la promesse qu'il m'a signée.

FRONTIN.

En contract de mariage ; ou en contract de constitution : allons, allons, Monsieur le Tabellion, c'est de la pratique pour vous.

Mad. CIDARIS.

Oüi, mais qu'il commence toujours par nous donner le nôtre à signer ?

Mr CIDARIS *signant le contract entre les mains du Tabellion.*

Ah, Madame, je vous obéïs aveuglement... hé bien, me refuserez-vous encore le plaisir de vous voir ?

FRONTIN *prenant la plûme des mains de Mr Cidaris, & la présentant à Marton.*

Et vous, Madame, estes-vous toujours dans

la difpofition de faire mon bonheur ?

Mad. CIDARIS *à fon mari.*

Non, je ne puis plus m'en deffendre ; mais je crains bien que vôtre femme ne vous faffe changer de fentiments ?

MARTON *à Frontin.*

Oüi, je fuis toujours là même ; mais je crains fort que Marton ne vous rende infidele ?

Mr CIDARIS *à fa femme.*

Ah ! que vous étes injufte, Madame ! plût au Ciel que vous m'aimaffiez autant que je la hais !

FRONTIN *à Marton.*

Eh, ne craignez rien, Madame ! je la hais autant que je vous aime !

Mad. CIDARIS *en levant fon mafque.*

Autant que je la hais ? perfide !

MARTON *en fe démafquant.*

Autant que je vous aime ? traitre !

Mr CIDARIS.

Ah, ce n'eft que ma femme !

FRONTIN.

Ah, ce n'eft que Marton !

Mad. CIDARIS.

Non, traitre, ce n'eft que ta femme.

MARTON.

Non, coquin, ce n'eft que Marton.

Mr VULPIN.

Quoi, Mr Cidaris! c'est avec vôtre femme que vous aviez ce rendez-vous?

LUCAS.

Quoi, morgué, Mr de Lolive! c'est là
ste femme de qualité qui devoit vous faire
vôtre fortune?

Mr CIDARIS *à sa femme.*

Oh pour le coup, Madame, j'ai tort, je
l'avoüe; mais il y avoit de l'étoile dans tout
ceci.

FRONTIN *se jettant au genoux
de Marton.*

Oh assûrément; mais il n'importe, va, je
t'en demande pardon.

MARTON.

Il n'y a pardon qui tienne; il faut que je te
frotte comme tous les diables!

FRONTIN.

Eh, dou... dou... doucement!

MARTON *en le prenant à la gorge.*

Ah, je suis donc une enragée, Monsieur
le maraut?

FRONTIN.

Eh, non, non; mais je ne le suis pas non
plus, moi? vous m'étoufez!

MARTON.

Je ne suis donc point une femme à finir?

FRONTIN.

Eh ſi fait, ſi fait, je vous finirai, je vous finirai!

MARTON.

Touche donc là, ſinon je recommence?

FRONTIN.

Ah, tout coup vaille! j'aime autant être marié qu'étranglé!

Mr VULPIN.

Allons ne ſongeons donc plus qu'à nous réjoüir!

LUCAS.

Voici tout à propos les maſques & les Menêtriers qui venont ſous le berceau; allons, morgué, de la joïe!

PLUSIEURS BANDES DE MASQUES viennent ſe mêler à la compagnie; & forment avec elle un divertiſſement coupé de dances & de chanſons.

FRONTIN chante après leur marche.

Venez fillettes du Village,
Venez ſous ce charmant feüillage,
Y faire un époux d'un amant:
Qu'au plaiſir vos cœurs s'abandonnent;
Dancez, dancez, que le Bal eſt charmant,
Quand l'hımen & l'amour le donnent!

Le Chœur reprend.

Dançons, dançons, que le Bal est charmant,
Quand l'himen & l'amour le donnent !

LUCINDE sur le même air, à Mr Vulpin.

Cessez, cessez d'être volage,
Une épouse est d'un doux usage ;
Unissons-nous en ce moment :
Qu'au plaisir nos cœurs s'abandonnent ;
Dançons, dançons, que le Bal est charmant,
Quand l'himen & l'amour le donnent !

Le Chœur repette.

Dançons, dançons, que le Bal est charmant,
Quand l'himen & l'amour le donnent !

Mr VULPIN répond.

Unissons-nous, j'en suis content ;
Mais qu'aucun nœud ne nous engage ;
Il me faut pour être constant,
La liberté d'être volage :
Fuyons l'embaras & les soins ;
L'himen est un triste esclavage :
Peut-être en nous épousant moins,
Nous nous aimerons d'avantage.

On voit enfuite une entrée d'Arlequines &
de Scaramouches, après laquelle une Ar-
lequine & un Scaramouche chantent les
paroles fuivantes.

Si toutes les femmes galantes
Faifoient mettre fur leurs habits,
Autant de couleurs differentes,
Qu'elles ont eu de favoris ;
Ah ! que de figures plaifantes,
Que d'Arlequines à Paris !

Si l'on obligeoit les coquettes
De porter pour leurs favoris,
Des robbes de veuves complettes,
Comme elles font pour leurs maris ;
Ah ! que l'on verroit de fillettes,
En Scaramouches à Paris !

On voit enfuite une Scaramouchette & un
Arlequin dancer en écho, une frelane ;
après laquelle Lucinde & Menine chantent les paroles fuivantes.

Epoux qui fentez d'autres flâmes,
Que celle qui doit vous brûler ;
Vous ne devez jamais aller,
Où vous pouvez trouver vos femmes.

Et vous, belles, dont le cœur tendre
Vole au devant des favoris ;
Gardez-vous d'aller les attendre,
Où peuvent estre vos maris.

Une Dame Gigogne dance ensuite une entrée, après laquelle on chante les couplets
suivants.

Masques, qui pour nous abuser,
Prenez tronc, calotte, & jaquettes ;
Souvent, croyant vous déguiser,
Vous vous montrez ce que vous estes.

Coquettes en chauves-souris,
Qui cherchez nocturne avanture,
Que vous estes pour les maris,
Des oiseaux de mauvaise augure !

Afin d'empêcher pour toûjours,
Que la médisance ne grogne ;
Ramenez, filles, de nos jours,
La mode de Dame Gigogne.

Et vous pour nous tirer d'erreur,
Apprenez-nous Scaramouchettes ;
Qui des mines fut l'inventeur,
De Scaramouche ou des Coquettes.

Tous

Tous les Masques dancent ensuite le bran-
le sur lequel on chante les couplets suivants.

On ne se masque icy qu'au bal ;
Mais à Paris , tout temps est carnaval.
   Pour fixer un époux fantasque,
   Femmes , ne quittez point le masque :
   On ne se masque ici qu'au bal ;
Mais à Paris tout temps est carnaval.

   Tous les matins une coquette
   Y prend le masque à sa toilette :
   On ne se masque icy qu'au bal ;
Mais à Paris tout temps est carnaval.

   Entre époux souvent les caresses ;
   Ne sont que de feintes tendresses :
   On ne se masque ici qu'au bal ;
Mais à Paris tout temps est carnaval.

   Telle de pleurs fait étalage,
   Qui rit sous crêpe du veuvage :
   On ne se masque icy qu'au bal ;
Mais à Paris tout temps est carnaval.

   Que les sermens trompent de belles ?
   C'est le masque des Infideles :

G

On ne se masque ici qu'au bal ;
Mais à Paris tout temps est carnaval.

Telle a déja bonne famille,
Qui va toûjours masquée en fille :
On ne se masque icy qu'au bal ;
Mais à Paris tout temps est carnaval.

Enfin de Paris c'est l'usage ;
On n'ose y porter son visage :
On ne se masque ici qu'au bal ;
Mais à Paris tout temps est carnaval.

FIN.

Permission.

PErmis d'imprimer, ce 31. Aoust 1702,

M. LE VOYER D'ARGENSON.

231

www.ingramcontent.com/pod-product-compliance
Lightning Source LLC
Chambersburg PA
CBHW070816260626
47161CB00006B/2304